Translation TM & copyright © by Dr. Seuss Enterprises, L.P. 2020

All rights reserved. Published in the United States by Random House Children's Books, a division of
Penguin Random House LLC, New York. Originally published in English under the title *The Sneetches and Other Stories* by
Random House Children's Books, a division of Penguin Random House LLC, New York, in 1961.
TM & copyright © 1961, copyright renewed 1989 by Dr. Seuss Enterprises, L.P.

Visit us on the Web!
Seussville.com
rhcbooks.com

Educators and librarians, for a variety of teaching tools, visit us at RHTeachersLibrarians.com

Library of Congress Cataloging-in-Publication Data is available upon request.
ISBN 978-1-9848-3162-0 (trade) — ISBN 978-0-593-12814-5 (lib. bdg.)

Printed in the United States of America

10 9 8 7 6 5 4 3 2 1

First Edition

LOS SNEETCHES

Y OTROS CUENTOS

ESCRITO E ILUSTRADO POR

Traducción de Yanitzia Canetti

RANDOM HOUSE · NEW YORK

Los Sneetches Panza-Estrella
tienen en la panza estrellas.
Los Sneetches Panza-Lisa
no tienen ninguna en ella.

No eran estrellas tan grandes. Eran algo diminuto,
tanto que nadie pensaba que importara en absoluto.

3

De su estrella, los Sneetches Panza-Estrella presumían.
«Somos los mejores Sneetches de la playa», decían.
Con sus trompas bien alzadas resoplaban y bufaban:
«¡Con esos tal Panza-Lisa no tendremos que ver nada!»,
y si encontraban alguno al salir a pasear,
pasaban siempre de largo, sin siquiera saludar.

Si los niños Panza-Estrella salían juntos a jugar,
¿podían jugar con ellos los Panza-Lisa...? ¡Ni hablar!
Solo entrabas en el juego si tu panza tenía estrellas,
y un pequeño Panza-Lisa no tenía ni una de ellas.

Cuando todos los Sneetches Panza-Estrella se juntaban
en picnics donde salchichas y malvaviscos asaban,
a los pobres Panza-Lisa ellos jamás invitaban.
En lo oscuro de las playas, y en el frío, los dejaban.
Los dejaban apartados. Los mantenían alejados.
Y así es como, año tras año, eran por ellos tratados.

Pero UN día, al parecer…, mientras los Sneetches Panza-Lisa
deambulaban, desolados, por las playas, ya sin prisa,
deseosos de las estrellas que nunca habían tenido…,
¡Llegó un extraño en el coche más extraño que ha existido!

—¡Hola, amigos! —se anunció con voz clara y vehemente—.
Mi nombre es don Silvestre de Monería Clemente.
Oí que tienen problemas. No son felices, ni modo.
Pero puedo arreglar eso. Yo soy el Arreglalotodo.
Aquí estoy para ayudarlos. Tengo todo lo anhelado.
Trabajo con rapidez y a un precio muy rebajado.
¡Y mi trabajo está ciento por ciento garantizado!

Y en esto don Silvestre de Monería Clemente.
compuso una máquina muy peculiar rápidamente.
Y dijo:
—¿Quieren todos tener una estrella en su panza?
Amigos, pueden tenerla: ¡con tres dólares alcanza!

DENTRO

—¡Solo tienen que pagar y montarse de inmediato!

Y así treparon adentro. Y rugió aquel aparato.

Sacudidas. Golpetazos. Y chirridos estridentes.

Y los hacía girar. ¡Y funcionaba realmente!

Los Sneetches Panza-Lisa con una estrella salían.

Y así es como lo lograron. ¡Una estrella ya tenían!

Y a los que eran Panza-Estrella, por fin pudieron gritar:
—¡Ahora somos como ustedes! ¡No pueden diferenciar!
Somos totalmente iguales, ¡presumidos engreídos!
No hay razón para no ir a sus fiestas de embutidos.

Los antiguos Panza-Estrella se quejaron con ardor:
—Siguen siendo los peores y nosotros, ¡lo mejor!
Pero, ahora, ¿cómo podremos en realidad conocer
si eres acaso de un tipo o eres acaso otro ser?

Entonces, haciendo un guiño, Monería apareció.

—Las cosas no son tan malas como creen —les comentó—.

Cierto es que ahora no saben quién es quién, es la verdad.

Vengan, pues, conmigo, amigos. ¿Saben qué haré en realidad?

Haré que sean de nuevo los mejores con presteza.

Y el precio total será diez dólares por cabeza.

—Las estrellas en la panza se han dejado de llevar.

Mi Máquina *Quita*-Estrellas todos deberán cruzar.

Este estupendo artilugio sus estrellas *quitará*,

y a los que tienen estrella ya no se parecerán.

Y aquel genial aparato

funcionó con precisión,

y les quitó las estrellas de sus panzas de un tirón.

Con sus trompas bien alzadas, orgullosos desfilaron
y, abriendo muy bien sus picos, muy alto todos gritaron:
—¡Ya sabemos quién es quién! No hay lugar a la querella.
¡Son los mejores Sneetches los que no llevan estrella!

Los que tenían estrella se enojaron claramente.
Llevar ahora una estrella era terrible realmente.
Y así el viejo don Silvestre, por supuesto, sin dudar,
la Máquina Quita-Estrella *los* invitó a visitar.

Y, claro, a partir de ENTONCES, ya podrán imaginar,
las cosas se convirtieron en un caos monumental.

Todo el resto de ese día, en las playas bulliciosas,
aquel Arreglalotodo no se dedicó a otra cosa.
¡Quita aquí! ¡Pon allá!
¡Uno dentro! ¡Otro más!
Las máquinas traspasaban dando vueltas sin cesar,
y cambiaban sus estrellas en dos minutos, no más.
Y pagaban más dinero. Dentro y fuera, sin parar,
ya sin saber ni unos ni otros quiénes eran en verdad,
si este era ese o aquel… o ese era otro también,
si quién era más bien cuál… o cuál era más bien quién.

Cuando el último centavo
de su dinero gastaron,
el buen señor empacó
y así, sin más, se marchó.

Se echó a reír en el auto
conduciendo por la playa.
—Ellos nunca aprenderán.
¡Son Sneetches, nunca falla!

Pero estaba equivocado. Les cuento con alegría
que los Sneetches lograron ser muy listos ese día.
El día en que los Sneetches descubrieron su valor:
que ningún Sneetch presente era mejor o peor.
Ese día los Sneetches olvidaron sus estrellas,
si tenían una, o no, sobre las panzas aquellas.

EL ZACK

Un día, dejando huellas
en la pradera de Prax,
iba hacia el norte un Zax
e iba hacia el sur otro Zax.

Y ocurrió que ambos llegaron a un lugar, tal como ves,
donde chocaron de frente.
Cara a cara. Pies con pies.
Y el Zax Al-Norte dijo:

—¡Mira bien por dónde vas!
Estás bloqueando mi ruta. Justo en mi camino estás.
Soy un Zax Al-Norte y siempre al norte he de ir.
¡Ya apártate del camino y permíteme seguir!

—¿Quién está en la vía de quién? —le gritó el Zax Al-Sur—.
Yo siempre voy hacia el sur, dejando huellas al sur.
¡Tú eres quien está en MI ruta! Por favor, hazte ya a un lado,
y déjame ir hacia el sur por el surco que he marcado.

Entonces el Zax Al-Norte sacó pecho, encopetado.

—Nunca en mi vida yo he dado ni un solo paso hacia a un lado.

Te voy a dejar bien claro que no cambiaré mi vía,

aunque aquí tenga que estar por cincuenta y nueve días.

—¡Y yo TE demostraré —el Zax Al-Sur le gritó—
que en la pradera de Prax bien me puedo quedar yo
por cincuenta y nueve *años*! Pues una norma me guía
desde que en la Escuela Al Sur yo de pequeño aprendía:
¡No te muevas! Es mi norma. *¡Ni aunque solo sea un poco!*
¡Ni una pulgada al oeste! ¡Y hacia el este, pues tampoco!
¡No me moveré de aquí, porque así lo considero,
aunque me detenga yo, y tú, y hasta el mundo entero!

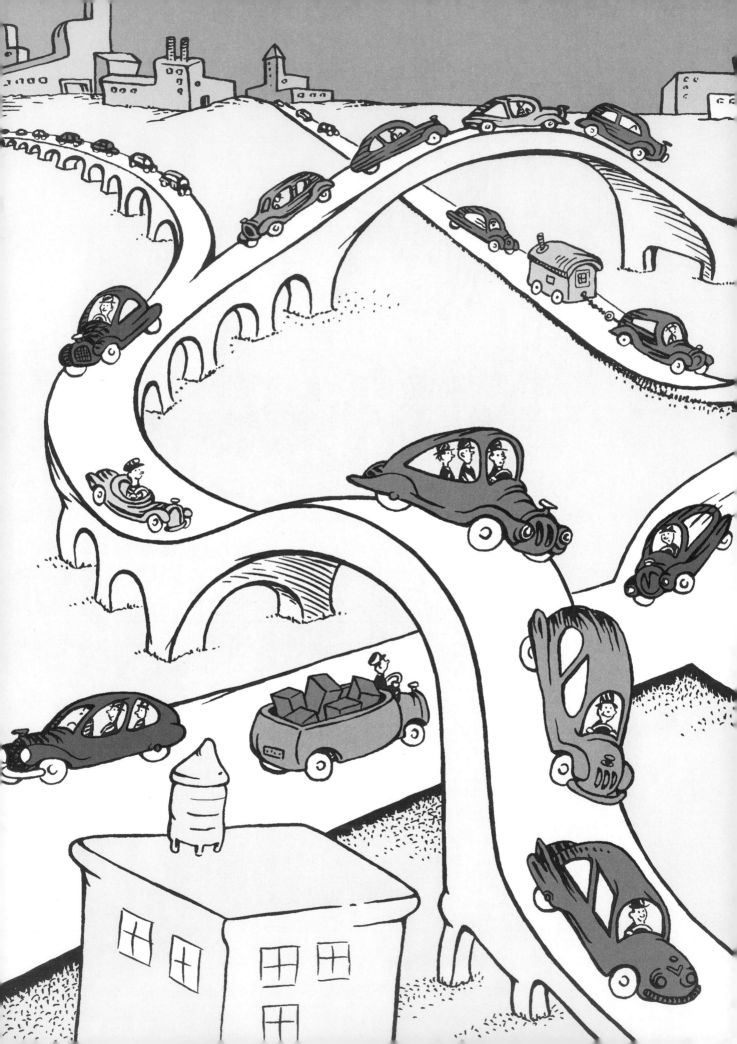

Y...

el mundo *no* se detuvo, claro, el mundo creció.

Y en apenas un par de años una autopista llegó,

y la construyeron justo sobre ese par de obstinados,

y los dejaron allí, sin moverse a ningún lado.

Demasiados Juanitos

¿Acaso ya te he contado que una tal señora Brito
tuvo hasta veintitrés hijos y a todos llamó Juanito?

Pues bien, ella lo hizo así, y no fue algo inteligente.
Cuando ella llamaba a uno, y decía: «¡Corre, vente!
¡Entra a la casa, Juanito!», no era *uno* solamente.
¡Hasta veintitrés Juanitos acudían velozmente!

Esto complicaba todo para la señora Brito,

como podrán suponer, con tantos, tantos Juanitos.

Y a menudo deseaba, el día en que ellos nacieron,

haberle puesto a uno de ellos Bienvenido Baldomero.

Y a uno de ellos Manolito. Y a uno de ellos Mantecol.

Y a uno de ellos Casimiro. Y a uno de ellos Girasol.

Y a uno de ellos Melindroso. Y a uno de ellos Malandrín.

Y a uno de ellos Valeroso. Y a uno de ellos Chapulín.

Y a otro de ellos Piti Púa. Y a otro de ellos Rocan Rol.

Y a otro de ellos Bernardino Cara de Caracol-col.

Y a uno de ellos Macareno. Y a uno de ellos Macarrón.

Y a uno Búfalo Bill. Y a uno Búfalo Bon.

Y a uno Tino Tomate. Y a uno Tito Turrón.

Y a uno Pati Panzota. Y a otro Patatacón.

Y a uno de ellos Primitivo Pelinito Peleón.

Y a uno de ellos Oliverio Rebonito Rebotón.

Y a uno de ellos Aladino Almohadillado Alarde…

Pero no lo hizo así. Y ahora es demasiado tarde.

¿De qué tenía miedo?

Pues...

caminaba de noche
y no vi nada de espanto.
Yo nunca he tenido miedo
de nada. Digo, no tanto.

Luego me interné en el bosque
y de pronto allí me encuentro
a un pantalón verde claro,
¡mas no había nadie adentro!

Yo no me asusté, pero me detuve.

¿Qué *estaba* haciendo allí ese pantalón?

¿Por qué *estaría* en mitad de la noche

flotando a la intemperie sin razón?

¡Y empezó a moverse ese pantalón!
De alguna forma se puso a saltar.
Y entonces mi corazón, sí, lo admito,
de alguna forma empezó a palpitar.

Y salí corriendo a toda prisa,
tan veloz como pude, la verdad.
No es que me asustara aquel pantalón,
es que no me importaba en realidad.

Después de aquello pasó una semana,
y fui a Campo Verde una noche oscura,
(Tuve que ir hasta allí a hacer un mandado,
a recoger espinacas maduras).
Y venía yo con mis espinacas,
ya de regreso al pueblo tras la gira,
¡cuando muy veloz, doblando la esquina,
llegó el pantalón y casi me tira!

Me quedé sin espinacas,
pero a mí no me importó.
Corrí a casa, les comento,
¡porque eso sí me asustó!

Las bicicletas no se hicieron para
que un pantalón verde las montara.
¡Y menos uno verde aterrador
que no tenía a nadie en su interior!

¡La noche SIGUIENTE mientras pescaba
algunas truchas en el Ruboroso,
el pantalón remó directo hacia mí!
¡Y yo sentí mi cuerpo tembloroso!

Y ya sí me asusté TANTO
que admito, aunque suene mal…,
¡que grité, remé y perdí
anzuelo, cebo y sedal!

Corrí y hallé un matorral.
Y dentro yo me escondí.
Las espinas me pinchaban,
mas de allí no me moví.

Me quedé aquella noche. Y la siguiente.
Y allí me hubiera quedado, paciente.
Pero tenía un mandado pendiente,
así que salí a la noche *siguiente*.

Tenía que hacer este mandado:
recolectar Esnufillas
en un campo bien oscuro
de cerca de nueve millas.

Me dije: «No temo a ese pantalón
que no tiene a nadie en su interior».
Me repetí y repetí esas palabras,
pero, la verdad, ¡sí sentía temor!

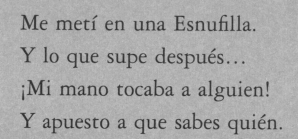

Me metí en una Esnufilla.
Y lo que supe después…
¡Mi mano tocaba a alguien!
Y apuesto a que sabes quién.

¡Y allí estaba yo atrapado!
¡Y en ese sitio imponente
aquel pantalón y yo
nos hallamos frente a frente!

Vociferé y pedí ayuda.
¡Aullé y chillé! «¡Por favor,
sálvenme del pantalón
sin nadie en su interior!».

Y entonces pasó algo extraño.
¡Lloraba ese pantalón!
¡Estaba muy asustado,
no se le iba aquel temblor!

Nunca escuché tanto llanto,
¡y en ese momento vi
que para él yo era algo extraño
como él lo era para mí!

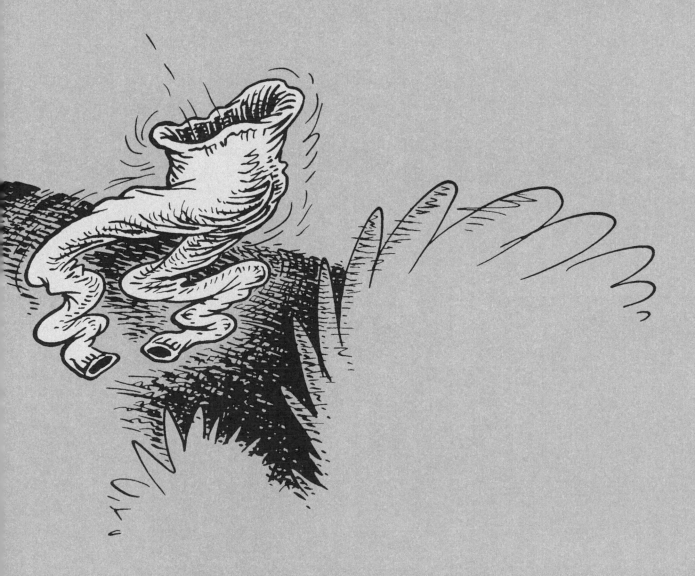

Rodeé con mi brazo su cintura
y me senté a su lado sin temor.
Consolé al pobre
pantalón vacío,
que no tenía a nadie en su interior.

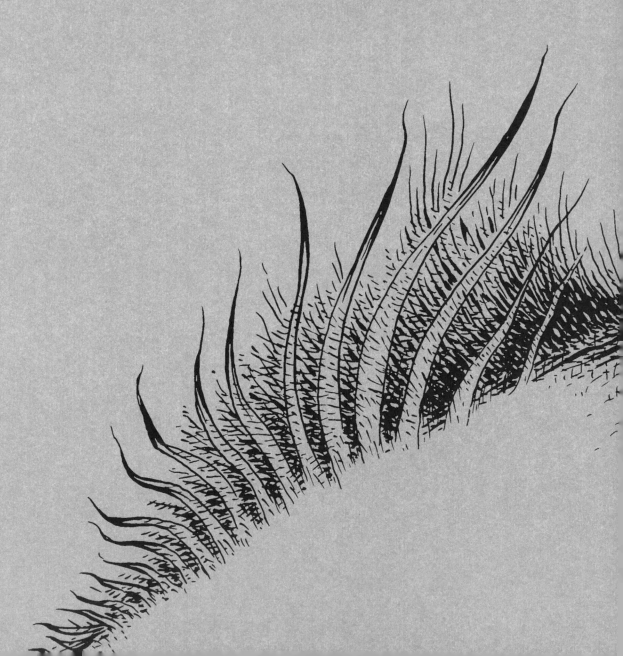

Y ahora el pantalón y yo
cada vez nos vemos más.
No temblamos, sonreímos
y decimos:
¿Cómo estás?

¿Cómo estás?